ヒトノマ

田村奏天

七月堂

目次

ヒトノマ

風

ドライヤーが壊れてしまって
買い換えるのに街へ出かけました
驚異的な猛暑は今年も変わることなく
多くの風景を歪ませていますので
風船の風の部分も
それに浮かぶ船の部分も
気怠く萎れるばかりです
坂道に至るまでの通りは
やけに狭いように感じられて
すれ違う一人一人それぞれに
目を伏せがちなわたしたち

思考は風景を銃弾に変えて
わたしという帆は
的としてあまりに広すぎる
元々のドライヤーは真っ赤で
描く流線型は力強く
握り手はたくましい太さ
その空気を蓄えられていたのなら
この熱風にも耐えきれたはずなので
わたしたちはもろい
もろい毎日を暮らしているから
わたしは今日も新しい記憶を増やして
書き換えられていくこれまでの数々
受け入れられるための潤いが足りない
長い坂道に近づけば
もうすぐ匂い立つ水木の風の中だ

sweet

さわやかでありたいと思ったので
もらったピアスを捨てています

凪が確かになぐように
わたしらしさの中でそれを乱雑には
おそらくはしないのですが
ええ、おそらくは

考えれば考えるほどピアスの存在は
わたしたちのあの平和に類似していて
簡単に成れることに、慣れることに

――快感になるのならば

吐血のような粘度を覚えます

どうしたって許されない
許さないわたしたちは
裂け目に見つめられ

グリンピースが嫌いでした
きっと明日もそのままで
ほとんどのものの
てっぺんを支えるのは
悲しい笑いのわたしに似合わない
半濁音のその有り様

なぐがかなぐるのなかにあるように
わたしの中にまだ存在していた
柔らかなものは随分と湿っていて
それが例えば砂糖水によって濡らされた
鮮やかな蝶の舌に与えられるような
そういうものであればいいのですが
その中のたしかな糖分もどうせ腐り果てて
星々の光をかためる静かな溶液が
いくらか滴り落ちるばかりです

それでも、さわやかでありたいと思って
薄雪色の指

ハンカチのはりねずみ――十五句抄

クレソンがすこしだけとびだしている
その家の朝のうららを祈っていた
ねえきみにうすむらさきの春の飴
「ありがとう」をすこしどもってかすむ鐘
そのあとには黙りあう春コートふたつ
流氷とこんなに難しく、生まれる。
ふふっとなって綿虫の吹き溜まりまでならいいよ

華やいで、風景。いちごミルクがかからりと鳴る。
かがやきにまみれてあたたかく帰る
でも次も探り合いから花ミモザ
ぼくいつまでもバカだね　きしきしとやどかり
淡雪が星をうつしていて憂鬱
ハンカチのはりねずみずっと一緒に泣いてよ
ゆらゆらと寝覚めて如月を縮む
かたむいて、ああ。きみが真ん中なら大丈夫な春さ。

衝動と空

書くことが
呼吸のようにあるのは至極当然な帰結で
指が筆を求め
筆が紙を求める限り
　（しかし今ではこのプロセスの
　　一部が省略されて指が彷徨って
　　　行き着く先は青い玻璃）

生涯発散され続ける
自ら　という言葉は
水から　と置き換えてもらって構わない
体内にあふれる水が

（これは母から貰った）
衝動によってかき乱され
渦は表象に静かな模様を描く
それを全く壊れないように掬う手は
例えば今日は
パンケーキを食べた唇を拭ったために
メープルの匂いがしていて
模様が濁ってはいないかと不安になる
気がつけば手は絵の具だらけで
木陰に現れた空想の君に似ていた
君は常にいなかったが
手はあたかも君のいる場所を
分かっているように
木陰のある部分を避けてなぞる
輪郭が生まれれば

（それは五線譜に渋滞する
　莫大な量の果実のように）
証明された君を以って
青い玻璃が乱されていく
日付変更線を跨いで時刻は午前五時
覚えているのは
一体が火に溺れていて
我々はその火に向かって放たれた
さっぱりとした矢であったこと
射抜かれた空は漠然として
　（つまりは
　　あなたの思うそのように
　　　生まれた大地から突き放されて）
ぐらついた字をただすのでした

フェイン・デス

布団を出られないということの一言がミーム、つまりは一定の範囲のコミュニティにおける共通の慣習・言語になっている中で、しかし冬というのはやはり寒くて、ミームとパソコンで打った時に「未夢」と勝手に変換されたことを思い出した。未だ夢、夢の中に囚われる理由は明白で、その中にはもちろん寒さと倦怠感が渦巻いているということはあるけれども、何よりも誰かに言い負かされた存在しない記憶があるからなのだ。躰は布団に覆われていて、布団は寒気／乾季に覆われていて、そういえば足元に置いていた暖房器具（ぼうぼうと湯気を吹き出して、自分が蒸気機関でなかったこと、つまりは体内に石炭を焚く場所はなく、水をかければ簡単に停止して許されることを知らない柔らかな肉によって完成していることを思い出させてくれる憎たらしい忌むべき存在）がひとりでに活動を停止していることに気が付く。機能していない瞬間はとても愛くるしいので、自分が応援をしていた音楽が全て古いものであることと同様の面持ちに蹴飛ばしてやった。がらんと鳴る部屋はわたしを閉じ込めている！　苦しみがどこから発生するのかと言われたら間違いなくこの白い共鳴体に違いはなく（故に間接照明を叩き割ってやったら、自分の拳に青い光が感染ってしまっている。消えてしまえ、呪わしいしみ！）、自分が言い争いをしていた相手を理解する（いくつかの弾痕を記しているのは、それがわずかの抵抗で、一方で、壁が実態として存在することを明確にしてしまうのは、例えば、鴟の声に似ているけれど、そうは言っても、孤独に打ち勝つのは不可能だから）。もぞもぞと寝返りをうつと棚の上にある色紙には大嫌いだった少女が初めて買った口紅で書いていたサインが目に入ってきて、ああそうだったそうだった、誰よりも早くピアスをつけて赤いプラスチックの宝石を耳から垂れ下げた彼女はその気の強さから誰からも嫌われていて、何より自分に優しかったなという記憶が、具体的には、かがんで、自分の靴紐を結びなおしてくれながら、「こうやって二重に結べば解けないんだよ」と言いながら笑っていた記憶が、そういえば、あの時自分が彼女の顔を見ていたかは定かではないし、しかし、ある時期特有の発育に対して強い好奇心を覚えたということは断じて無いと言うことができて、なによりそれまでに彼女に向けてきた眼差しに対する懺悔と、彼女に対する華やいだ未来への祈りを思っていた（でも出来れば、（暑すぎて世界征服やめちゃった）とか言って欲しい笑顔だったことを覚えている)。罪深さを思いながら、ああ不貞寝、不貞寝。本棚を上から下まで追憶し終えれば、壁を言い破るときのことを思って、フェイン・デス。布団から出られない。


*ウィリアム・シェイクスピア、福田恆存訳『マクベス』新潮文庫、一九六九年。

*山下賢二『喫茶店で松本隆さんから聞いたこと』夏葉社、二〇二一年。

*第15回鬼貫青春俳句大賞優秀賞、星野ことと「ポストポストポストアポカリプスワールド」、二〇一八年。

瞬間の交わりとして

変化に気がつくとき
その地点に対する過去のことを
あいまいにも思い出せないことをきっかけとする
思えば将棋盤のような床も張り替えられて
陽射しがずいぶん届くようになった
新しさというのは大抵
濁りのない白や黒に染められて
赤い絨毯がよく似合う
今回の場合はその過程で捨て去られた
魔術も暴力もおそろしかったので
善いことで充満している

＊

一瞥もしない速度で
雑踏は流れていく
微かに歌われていた孤独は
別に共感できるものではなかったし
共鳴するほど分厚い声ではなかった
とはいえそれは無意味なことではなく
このごろずいぶん広告カーも静かになったこと
パンの匂いはいつでも南口にあること
どの角度でも画面が目に入るようになったこと
ぱらぱらと気がつきが増えて
申し訳ないけれどあなたのおかげで視野が広くなったよと
選別のために靴がリズムを刻む

＊

通り抜けて辿り着いた大きな道は
平静を保とうとしているけれど
粗雑なペンキは簡単に剥がれてしまうので
むき出しの煤を指差して
このビルで小火があったのだよと告げる

美容師なのだと言った彼女の
腰のあたりを抜けていく風は
その言動の証明とともに
あたりの騒ぎを風化させて
簡単に出会いを忘れさせる

誰かと会う前に蕎麦が香るのは
果たして偶然なのだろうかと思いつつ
（そもそもそれは粉の匂いか

あるいは液の匂いか)

＊

まだまだ暗がりが残っているので
と言ってもずいぶんと塗り替えられて
入り口こそ新しい自我を得ようともがいている
その方向へ歩みだせば
看板のかたちに日焼けした壁が
幾許かの記憶を波のように小突く

思い出さなくていい
わたしたちはこの園を
避けて進みなさいと
教えられていたはずで
生垣にいくつかの缶が

まるで供え物のように

黄金色の文字で書かれているのは
大抵西洋の言葉で美しさを醸し出すもの
でもその根元にはみょーんとしか歩けない虫や
無謀さにすがるしかなかった採掘者の
背中だったりがちらついてきて
目を伏せがちになる

＊

語られた愛に対して大きな落書きがされている
看板とはそういうものだと思う
表明されるのは大抵乱暴な自由さで
街の新しさを拒む部分はよく吹き溜まる
（すれ違った少年は翡翠色の頬をしていた）

抱くことも殴ることも
血が通っている証なのだよと
水を飲んで冷静になった喉が告げれば
今いるこの空間は海を模しているが
陳腐さと脆弱さに嫌でも気がつくことになり
哀れな二人組はその箱から流れ出ていった

＊

そうしてもうすぐ
つまりは簡単に消費される羨望や
暗がりにふさわしい暴力、
それに隣接する文学性、
発展の対価としての硬質な社会、
そういった灯を抜けて

閉じられた門の前にたどり着く
そこは明らかに我々を形成して（しつづけて）
愛憎の蒸気機関をきりきりと回し続けている

思い出さなくていい

幽霊船の行く方は

天井のしみがうみねこに似ていたものだから
きっとわたしは幽霊船か何かなのだと思う
透き通って沈みゆく不確かな温度感の中で
かすれ声かすれ声かすれ声
わたしには到底ただしさがわかりそうもない
そういえば行く先々の風景がかすんでいて
そういえばミラージュとマリアージュのその音韻の近さに
耳をすませば

こころのありかたはそのままではないんだよ
きみはきみのおもいおもむくほうにいきなよ
まけてきただけなのにあわただしくあしたをかんがえる

うずまくただしさにだまされないで
　おさないころのわるくちとせつなのかわいげにゆれる
　　うやむやにするかすれごえ
さいごまでいっしょにいてほしいの
　わたしもわたしのいたいところにいるよ
覚えているのは古くは三業地だったはずのその街に
その街に似合わない真っ白な蛾が
確かに、確かに飛んでいたのです

今日は花束を買って帰るよ

君に愛されていることが明白だから、部屋が狭いことは気にならない。比較して大きな家具が時々襲ってくるけれど、一つ一つが自分を社会に放り投げるための関所であると考えれば大して苦しいものではないし、鉄の冷たさはわずかではあるけれど、寝心地の良さを演出している。

どこかで物の落ちる音がして、今体にかかっているものと同じ重力が他の物質にもあるのだなと驚いてしまった。当たり前なこと。たくさんの常識の前で、それを当たり前でないということ（例えば空を真緑に塗ることや、紙の上に全力で走らせたボールペン。後者はガンガンとした線で迫力たっぷりになり、知らないおばさんに褒められていたけれど、褒めて欲しかったのは、そのペン先にこびりついた摩擦熱だった）は難しい。当たり前だというようになると、許されることが増えるけれど、当たり前のことに確かさはなくて、明白なのは君の愛だけだった。

卑屈なきらいがある。常に敗北感を持って起床する。眼鏡が見当たらない。視野狭窄の中では物が皆綺麗に見えて生き心地が良い。掲載物の人の名前も読めないので、知らないことが増えて脳がオーバードーズにならなくて済む。情報を悪だと信じて疑えない朝は大抵、ミニマムな食事を終わらせて太陽を沈ませようと努力している。大事なのは君のこと。鳥の声に耳を傾けたりはしない。

自分のことを偏屈に笑いながら今日は花束を買って帰るよ。また酷いことを言うよ。名付けられていない物を並べては、酸素濃度の高い空気で思考を酸化させて、でも、その匂いが好き。亡骸の匂いに似た焼け爛れたピーマン。先週末は、カラスが二ブロック先を曲がったところのラーメン屋で死んでいて、幸せそうだった。叉焼の匂いに浸されていて、嘴は艶やかで、欲情に似た吐瀉物が喉を迫り上がってきたことを覚えている。その日のサイダーは強烈な炭酸で、出会いの衝動に似て、幸福を象形する気泡に体は満たされていた。君の愛は同様の暴力性を持って体を貫く。あまりに確かな君の愛だったね。

愛について

「もうすぐ愛の時代がくるよ！」と、少年。
「けたたましいトラックが砂漠を奥底からひっくり返して
　　砂嵐はほぐされたタバコのように舞うわけで
　　でもそれが青空を犯すようなことはないから
　　　　　　　　　　　　　　　　　　輝いているね。」

向き合ってきたのはいつだって君たちじゃないかと
舞い上がった砂の霧から大きな声が聞こえるけれど
確かにわたしたちは報われるべきであるのと同時に
報いを受けるべきなのだろうと強い実感を受胎する

煉瓦造りの街並みがいつの日か崩壊をしているのは
一方で虫々にががんと望まれていると分かっていて
光の中でわたしたちは花束を抱いているその姿勢で
顔に貼られたマスクをふっくらと取りはらっていた

「ほら騒ぎが町中に広がってきたじゃないか！」と、少女。

「わたしが一切の繊維を膚から取り払って、
艶やかで和やかな光を代替品として着ているのは
遠い時代にバイオリンでも歌われていた通りだし
パスポートの全てのスタンプが風化しきっていて
時計塔に見下ろされた過去が機能していることを
染み込ませているの。」

聖なるものと語られるそのほとんどは偽物だけれど
海の苦味だけは信じていいのかなとはおもっていて
それはテーマパークに入ってしまえば失われるから
となりに立って君は生きていると言い続けてほしい

バター味が好きだった君のコートを覚えているので
わたしの心臓あたりに発される強い重力を自覚して
現代語訳された恋物語のその破片で出来た地雷原は
ここにあったのだなと思います。

街と暮れ方

帰り際の夕立が街を知り尽くしている
クリーニング屋の文字がさびれて
いくつかの空白を埋めて読む
線路沿いは雑草が茂り
今にでも人類史がまっさらになるような予感

黒ずんだビルに書かれた
「ヘルス」はそれほど健康的でなく
おぞましい桃色の看板をしているが
一方で自分が口に運ぼうとしている
チューインガムも同じ色だった

（それは平穏を保つための
　　音から意識を背けるための
　　　端的な逃避行）

考えれば胎内ははっきりとした
鮮烈な肉の色をしていたはずで
閉ざされた暗がりに見ていた
熱のための色
人体から発生した我々は
その色に寄せられた蛾にならざるを得まい

車窓に流れていく雨後の街を見ながら
強い空腹感を覚えて
さらにはこの街がいつからか

鉄の匂いにさらされていることを知っている
わたしは誰の信奉者にもならないので
冷静に脳が暮れていく街を解釈する
薄紫を羽織って沈みゆく太陽は
明日の雷を知らない

都・社

だっと流れ出した吐瀉物は赤かった。それは直前までに摂取していたものの色に準じているとはっきり知っている。その場には食べ物が少なくてその代わりに会話が置かれていた。中身を失っていく内臓、中身のない会話。「普段は何を？」と丁重に聞かれたから同様の丁寧さをもっていつも通りの回答をしたら答えはひそかな息。空白の胃の、その下に重たい水が溜まっていく。体のほとんどが水でできているのは、水が動き回って密度の差をつくれるから。今その水は落ち出して、つまりは鳩尾のすこし下あたりを冷やし尽くしている。鳩尾、水落ち。とはいえ吐瀉物の赤さが示してくれたのは、その水がある一定の明るさを維持してくれることだと思う。

水の中で眼を開くのが苦手だったあの頃、冷水を敷いた湯船に何度も顔をつけては指で目蓋を押さえてわたなかの風景を掴み取ろうと努力していた。なんとか見えた光景は真っ白で、なんだ、眼を瞑っていても開いていても一緒じゃないか、と落胆したのを覚えている。白さの中に広がる波紋は鱗のようだったがその中に魚は泳いでいない。ただ、魚の視座ではこんなに世界に膜が張ってあるように見えるのかと怯えていた。水に顔をつけていたのと同じくらいの頃、魚の眼を食べるのが好きだった。とろとろと舌の中で転がして、芯だけになっても齧り続けていた。味のしない、滓と呼ぶしかないその個体を舌に乗せて口から出したとき、目の本質は黒目ではなくて白目の方にあると知った。いつだって見えない方が本質で、統一されて、ぐちゃぐちゃとした黒目の部分の味が好きなのにな、と、吐息。

「シャセーってオナニーじゃん！」と笑われた。その通りだと思う。自慰の写生、慰めの写生。現実的な光景なんて見出せないのに、アクチュアルな現実に過信して描き続ける。筆から墨が落ちていく光景はさながら射精そのものだった。でもそこに快感はなく、ごろごろと口の中に余った白目の部分を思い出す。考えれば吐瀉物に見出したのは、吐瀉物そのものではなくて、というよりは、吐瀉物の経歴とでも言える本日の献立、あるいは内臓の荒れ具合、あとは、内臓と同質の赤が（それが内臓由来の赤でないことを確かに舌は知っているけれど)、都心の誰もいない駅／プラットフォームにぶち撒かれて、垂れて行ったこと。その程度の解放感に浸れば躰はずいぶんと軽くなっていた。

軽い躰は魂に見合っていて過ごしやすい。時々躰が魂に見合わなくて、なんとか変形させられないかと布団の中でぼやぼやとすごすことがあった。そういうときは大抵翌日に熱が出て、熱の最中の夢は知らない花野の中のバス停に行き着く。アニメやマンガが好きだったから、そういうところから生まれた仮想の光景なのだな、と随分と冷めた息をもって見つめている。その風景は今でもありありと慰めの写生をもって描くことが可能だ。なんと健やかな夢なのだろう。バス停に書かれていた行き先は知らない文字で読めなかったけれど、なんとなくガラスの都であることを知っていたように思う。思い出すのは、口から吐き出した白い滓に透きとおるガラス玉が隠れていたこと。透明性を持ってその全躯をたいらげる。

異界

アイスティーのボトルにさまざまな果実が描かれ
窓の外では配管を雨が叩きボンゴのような音がしている
パソコンのウィンドウが窓に反射していて
屋外も一つの広い部屋なのだなと気付く

広い部屋の中でぎゅうぎゅう詰めにされている
果物と人は同様の扱いなのだなと思う
詰められて均一化されて整えられて搾り切られている
わたしは隣の果実に脳を見透かされて
指先を噛む癖が治らない

足先に凍えが迫っている
広い一つの部屋は隣接する異界としてあるのだと
あるいはわたしの部屋の世界はもうすぐ潰されることを実感し
辟易しながら部屋を追い出されれば
春先なのに吐く息がまだ白い

街々の影が道に伸びてホログラムとして地下に広がる
地面を跨いで第二日本がそこに存在するとして
わたしの靴音はそこでは
地下鉄の通り過ぎる音になっているのだろうか
風が頬を叩けば
もうすぐ芽吹く木々が一層に高い

カフェは煙の溜まり場として
絶壁を作り上げて異界が増える

細胞が細胞膜を持つように
わたしたちは分断をされなければ生きていけない
それを無視して整えようとしてくる収穫機に対抗して
ふうっと息を吐けば体内の水分が実体化
崇め奉れ

ずいぶん溢れやすい水――十五首抄

すみっこにかたまりきって宝箱みたいだ　人に溺れて

わかられるまえにわかれてなんとなくうみのここちににたものがたり

ひとことに揺れているから波を打つ心臓のやわらかさが分かる

アルトサックス突き抜けて愛に似た音　シェーラーの言葉のような

喧騒の中を眠れば美しいので許さなくした銀河団

星々が跳ねた油に似たような面持ち翅に透かされていて

フィッシュ・アンド・チップスは食べないかもね透明性の夏を理由に

「でもさ、」と言う。「お皿の上の一切の黄色、確かに生きていたよね。」
清く、かつ、鈍く解かれていく漁網《ぎょもう》。山ほどの魚から観られて。
飛沫《しぶき》　コンクリートに海の抱擁を与える飛沫《しぶき》　深く見つめ続ける
「日焼けした体を占める大半がずいぶん溢《こぼ》れやすい水なの。」
菜の花にあげればいいと思うから　簡単な水ならなおさらに
そうしたら潤っていく陸《おか》に手を潤すよ　同化を進めるよ
性はありふれていて永久に満ちゆく夜という貝殻だった
水の匂いを抱きしめた星にいて、倒れる。水で出来た体で。

淋しい水——五十句抄

今際　今は　簗が崩れる流れの中
風のくる河口を木犀が満たす
秋濤の脆さの中を眠たげな
いわし渦巻く一尾ずつ狩られつつ
無気力なわたしが混ざれない霧だ
髪なびきやすくして行く秋祭
袖から来て寒さが肘までを犯す

初雪に変わる刹那の淋しい水
夜は好き　鶴が孤独じゃなければだけど
寒蘭のからだ簡単（不安になる）
除雪車ががさがさ街を片付ける
一面は迷いくじらが死んだこと
行き場のないブロッコリーを食べてあげる
年の瀬の岬に増えていく呼吸
初凪の山河が闇を忘れだす
凍滝が海の記憶になる頃か
けれどやっぱり正しく煮込めないおでん

凍る湖のいちばん昏い場所を踏む
エッセイの中の夜神楽どんと鳴る
一月のずいぶん長いそば屋の「そ」
焼山遠く机に腕の影（濃くする）
わかめきらめく風景を透けやすくして
森がざわめいてうぐいすだけわかる
唇噛めば体に鉄のある彼岸
星おぼろラム酒のなかにゆらされて
天上をとりこむための涅槃西風
あかるさがいる　例えば桜貝に似た

摘みたての勿忘草をふっと吹く
ため息がこごる　春の堤に漏れ出して
春愁をかりかり掬うパフェスプーン
春闌と知るそれぞれの制服で
花守の群れ見に犬をつれていく
慈しむように壺から出る蛸だ
退屈が麦のゆらぎとして見える
ソーダ水　格好つけた持ち方で
たましいは氷河に喩えられ眠る
梅雨雲窮屈ふり切るように傘開けて

じゅうぶんに空を均していく白夜

蟻の葬列　湊を船が出るころの

はちきれそうなトマトは君の分だから

てをだせずいるかみきりとわたしたち

すっかり冷やされて花氷になる途中

全身を海に溶かしていく夜涼

大鴉の眼を夕焼けが塗りつぶす

自意識が秋の浜辺を走らせる

花火終われば花火の影のある空だ

ほおずき割れる　どこかの恋に呼応して

小舟すこし揺らぐ銀河の只中で
花野原　産まれる前の色合いの
夜の詩が母胎を賛美して　冷える

水に蠢く

わたくしといふ断章は
発生する波紋を以て語られ
それは環境に由来する
取り巻くものには
常に微風が付き纏ひ
特に今といふ
瞬間といふ閃きに
細心の注意なんぞを払つた日には
風は大蛇のやうな出立をして
水紋をつくることに躊躇ひはなく
未踏の闇へと過ぎ去つてゆく

行く先を見つめれば
なぞへが視線を遮るが
からうじて大海に繋がることが分かり
海は流入するあまねくものを
受け入るるために
　一方で受け入れた後に
　そのものの毒を取り払ひ
　同化をすすめゆくやうに
大口を開けて鳴く
蠱毒を終へて
飛び出した葉は
脆く　変形しやすく
但し先端は鋒と呼んで遜色ない
故にたどり着く先で
睡る生命を

（たましひを）

傷つけやうとして
ただ一方で
それは慈愛として
その首を撫で
なによりも輝くさいはひとして
鎮め詠ふ

礫

最近よく竜巻が現れるようになり
必然的に雨具の取り揃えがよくなったあたりで
それはすっかり北上して
吹き上げられた瓦礫が銀河を目指す
風のなか磨かれる石たちは

赫灼とした自らの光のなかでその権利を
手にするようになったが
権利とともに彼らの躰に吹き
吹き荒ぶ　荒ぶように
なった風は

それは求められたことではない

研磨されることを知らない別の礫を砕いてゆく

弾かれることは球体にしか与えられない特性で
それなら球体を内包しないものはないと
思う　思うのだが
反古に並んだ黒い粒はどう見たって歪で
さかしまなつのが生えていて

濁りきった表皮をむしりとれば
新たにざらざらとした荒地が見える
もっと早くに気がつけたの
ではないかと
いい淀みの中には貫かれることへの恐れ

風景として最も美しいことだと思う

苛立ちは彼方の神話から得た

武具の輝きとともに散らしていく快楽

磨くという行為は
すなわち傷つけ合うことで
風は恐るべき勢いだったとしても
いつまでたっても見えることはないので
ゆえに礫が風に磨かれることもない

対して風はいともたやすく
礫と玉を混ぜ返しては
あるいは幼子の調理　料理のように
それらを放り投げて

逃げ出す手立ては重力から脱却すること
銀河系はその成功者たちの美しい瞬きだった

善さは簡単に切り刻まれている

どの机も使えば消毒しなければならない

母は子にそれが遥か遠くには同じ石であったと告げたがる
あるいは同じ石であるはずだったと嘆きたがる
ではあの星々に羨望の眼差しを許すのであれば

つまりそれは石を投げることも許すということだ

Dash/Period

Dash

——精神／身体　光に囚われる鶴だ

匣をひとつ西日の中に置いてくる
ざっぱんと斧に似ている冬の濤
抜け出すことできない　母子草　中廊下
雪に合う障子見つけてきて　掃かねば
意味合いちがう同じ草笛くりかえす

桜から花取れていく間の陽
花野とその地下を感じている尾骨
骨折のときの日傘を人に預け
蝶々に笑われていて幸せだった
新聞に一面に裏ある夕焼

――豊潤／貧困　君を知らない稲光

告別《farewell》の音が祭にかきけされ
うらがれて　匣めくからっぽな身体
図書室の最果てに冷まじい山の絵
たどり着かない流氷がたしかにあった
異国の妖怪の手招く秋らしい家等々

皿に注がれていくさそり座の灯

虚栗ばかりの山の栗拾い
救われない君の手が冬の水を掬う
ことわざの我の字掠れ星月夜
身に余る光栄と身を満たされるあげは蝶

——芸術／理知　あざみに二度と来ない風

彩りを島に見立てて夏野菜
生存の中に依存のある曝書
描くまえの筆漠然として長閑
龍天に登る　蹴りやすい像だこと
味わいとして満月を肯定する

食べるという明るい破壊大晦日
合理的で剪定の刃に嫌われる

勢いが西日にたどり着く流れ
殺傷する言葉　雪折れ　束を指す
鶏頭の十四五本がちがう色

――削剥／創造　噴火のように大旦

躊躇っているものをはじめに夏花摘
満潮に花火がゆらめいて終わる
生命の憤りとしてある朝焼け
草の花に祈りという身勝手な倒れ方
イースター前だというのに崩れだす躯

真っ黒なかなぶんを従えている
その人のピアスに濁るアイスバー
拙い夢を塗り替えていく西日だ

葛の花だらっとあって雨の気配
水くんだ手が嫌に濁って溢しきる

――愛情／籠城　窓からはみ出した野菊

取り残していればひたすらなずなを風
満帆のその美しい弧が月へ
雨、雨が窓を揺らして　小鳥はまだ
瞬間に君の匂いのする九月
給電のランプうっすら花曇

囲われている家々に西日がもう
シンバルの音とめきって龍淵に
凪の中とどまればポケットに煙草の屑
消灯に身体はたしか　かまど猫

貨物船とびだす真夏日の湊

――疾走／停止　踏切と炉を知っている

Period

それは五月雨式に並んでいる語を恣意的に切断することだった。筆をとったその手の側面は刃のような輝きを持って文字に向かう。少しずつ剥がされていく言葉の中でわかったのは、二つの世界が併存していること。しかし一方が常に見えているのに対して、もう一方はときどき程度しか顔を出さない。もどかしい。窓の向こうに鳥が来ている。

例えば、この街が明日大魔王の予言の通り崩れ去るとして、それはきっと未明にくるのではなくて、夕陽の中におこることだと思う。暗がりはすべての終わりの、その後の色だ。大体その前には、それこそ大魔王の業火のような色があり、閃きだすテールランプたち。渋滞の末尾を担いながら、この車は西へ——つまりは彼の育った街へ向かっていた。

辿っていけば全てに文脈があり、その脈動は夜々に及んでいった。どくん、どくん。その音は間違いなく平仮名で書かなければならない生命感で、潤いの中の重低音は、体内に響き渡って、それ自体がエンジンとして機能しているように錯覚させてくれる。エンジンから発生した震えを通じて、言語野は衝動を選び取り、拓かれた地平線の元で突き進む。

きらめく河川にははるかな中州がある。それは上流を、すなわちあの人の埋められている山を疑わずに削り取って、堆積していったものだった。氏の家の庭は数多くの植物に満たされていて、十分な広さはなかったが、手の届くところにはかならず葉があり、血管と葉脈が接続される。氏の肉体はいま、中州を十全に満たして、草花を育んでいる。葉と接続する。

配置の中で考えることがある。閉じこもっている言葉にはそれぞれの風力が割り当てられる。ぼうという音とともに巻き上げられ、雨になって降り注ぐまでにかかる時間。それがわたしたちに与えられた思考の時間で、丁寧に扱うために画面上のアイコンを一つずつ消す。風に囲われる中で愛と思い出を消していく作業は、さながら御伽噺の恋のようで、鳥はもういない。

地球にはもう時間がありません

変わらないとお思いですか
そうお思いですか
それならば申し上げにくくなってしまうのですが
不安症のあなたの大好きな
色を感じず匂いもない霊長の声で
そこにはもうない午前零時をお伝えしますが
あなたの都市はもう第六弦によってはじかれており
もう地球には時間がありません
呟くことも締め切りに嘆くことも
歌のことばが居酒屋の名になろうとも
あなたの知る話ではございません

まあ、厳密には
過去だの現在だの未来だのと呼ばれていた矢印は
無意識の領域を目指しながらゆうゆうと沈み続けており
あなたがたとは違うんですよ
偉い人に分かるかどうかの話ではありません
別に暗闇が襲いかかってくることも
不安症のあなたの思うようなことも何もなかったですよ
現に私はあなたのところまで
あなたが金星と意訳する声によって
軽率に軽薄に軽捷に軽快に
そこにはもうない午前零時をお伝えしておりまして
いつもいつかもなくなった状態で
また踊りあかせれば良いのだと思います

巡廻

肩の荷をおろすように
皿の上の唐揚げをたいらげて
テーブルの上の質量を減らす
耳を塞いで肉を噛めば
口の中に広がる液体の音は
赤潮のころの海に似て
　残酷な海
　　ひらめけば
　　　手を　伸ばす

これから循環していくそれは
じゅくじゅくという音に飲み込まれ
漫然と嵐を待つ身体に
高揚を与える
　（その後の倦怠感をまだ知らない）

向かいに座る像と対話をする
氏は祀られる中で
多くのものを眺めて
眺めるための旅を続けている
くだらない質問だと思いながら
瞑っている眼で見えるのかと問うた

表層に膜をもって見つめる
それははるかに視覚らしいことだと思う
それは自由のめまいを拒もうとした
ニヒリズムによる情感ではない
君もいずれ分かるようになるが
見えない美しさの中に見えることが
私のような崇拝には求められ続けていて
この瞼をもってしか明らかにならない

体液が
いくつかの階層を横断的に響き渡る
熱量を充満させていく過程で
肌は破れた指先の皮を残して

すこしずつ色味を受け取りだす
その色は自分の中にある
炎症の焔と同じくして
臓の昏さを忘れさせる

草原に湧いて立つ
一本の柱としてあった樹は
土壌へ普く水を運び
野の花を的確に成長させる
最終地点としてのわたしの胃は
草原の延長として
表層の膜をもって大樹の根を感じとる

悪魔、来たりて

書き連ねることを正しいものだと思って続けているわけではない。原稿の偉大さは、例えば悪魔に述べさせれば、燃え尽きることを知らないその永続性のエナジーによって発露する。首をあげれば、その一マス一マスには、虫のようにざわざわと言葉が押し込められている。それらはいずれギロチンとなって首を落とすのだろうなと感じていて、盲目なわたしたち。

しっとりとしたヒップホップに机が包まれている。chill out からチルと呼んで、しかし、そのゆっくりと流れる時間の把握よりも、確かに散る光景を思い浮かべられることに微笑みが漏れる。コーヒーに牛乳を入れなくなったのは、明らかに少女の影響だったが、それがこの静寂の余白を壊していくことはない。スピーカーは向日葵のことを歌っていて、漂白された室内で、異なるレイヤーに遠い夏の光景があることに気が付く。

花火は十字架に似ている。快感は体温の中にある。大脳新皮質に事実が刻まれ、また新しい世界に踏み入ったことをわかっている。遥かだ、遥かだ。原稿が黒く染められていく中で、宇宙が膨張している≒世界が構築され続けている実感が湧く。放り出すスリッパ。頑なに足を離れたがらなかったが、快感は体温の中にある。

線、天、す。センテンス。様々な事象を今結びつけている。遠い空には今も爆発したスペースシャトルと、手放された風船が同棲しながらわたしたちを離しつづけている。物にははっきりと記憶が存在していて、現在と過去の共存を明らかにしている。最高速度でめぐる破片。ばぐんとはしる流星群。

あとから君の投稿に気づいて心臓が凍えていったことを覚えている。最後に出会った人が自分だなんておこがましい妄言は控えるけれど、地図に描かれた海岸線に確かに流氷が辿りつくように、君はどこかの岸・湊にたどり着くまで浮遊するのだろうか。確かに君の名乗りには美しい海が含まれていた。でも君の選んだ逃避行を許す気はない。

悪魔が来る。第二宇宙速度に乗って伸びやかに飛翔をつづけ、物語にまだ先があるということを、瞳を焼いて教えている。見えない、聞こえない、鼻も大して利かない世界の中にいて、わたしたちを支えるものはなんだろう。冬の風は曖昧な過去を霧消させていく。窓の外からはサーカスの音、光。天文学的な数字がばちばちと明滅して、紙屑が金鉱脈に埋められた。

帯に知らない誰かの共鳴が書かれて鬱がせり上がってくる。島は破裂したにもかかわらず水平線を漂い続ける。もうすぐ凪の時間らしい。

日々

宵っ張りだから朝は気怠い
寝起きの喉がごろごろと音を立てて
自分の不機嫌を教えてくる
昨日の夜　ソファーに寝そべりながらした
別れ話は夢だったよなと液晶をなぞり
間接照明をぽやぽやとつけ始める
枕から頭を剥がすのは
体力がいるから眠るのを嫌った

部屋のいろどり束ねに春の風がくる

くふくふと鼻を鳴らしてくる犬の
首のぶよぶよを確かめてやると
微笑むように目を閉じて

しかし表現の中には
わたしたちのエゴが現れているのは確かだ
これほどまでに蓄えられた愛をもってして
どうしたって今お前が何を考えているのか
わからないから悲しい

幾度か撫でると
膿皮症の匂いが指にうつってきて
祓うために手を洗う
生の輪郭はこんなにも醜い

思うより暗いリビングに

（それは自分が一つ目の間を出でた証明）
いくつかの書き置きが残されていて
その中から自分にまつわるものをまさぐる
書き置きの文字にはどうにも
他者の記憶の中にある
自分だけが現れてきて
自堕落への脅迫が述べられていた
一方で脅迫には祈りが込められ
壁面にうつる影に
それなりに色があたえられる

愛しさは日々から生まれる
暴力的な風に過ぎない

選ばれていく色々に色がある不安に共鳴して揺れる木々

野球ゲームに今日を迎えたことを寿がれては
同じ手つきに友人たちの昨日を手繰る
異国で踊る友人の
ごつごつとした肉は
自分が知っている氏の弱さを包み隠し
意図的な雄々しさに飾られて
伸びきった腕が光に照らされている

十句抄—— Utopia

あなたは風　ひらかれた掌に花が来る
流氷を見ればしずかになる万物
透けてくる封筒いちごミルクを飲みきれば

とどけるのにいくらか青蘆を揺らす
錯覚が空蟬に陽を奪わせて
夕露のたぷたぷ泳ぐ草のうえ
鱗粉をふりまくように踊りきる
橙色の十月を羽織る街
あなぐま、あなぐま。　ローソンの灯は孤独な星
「ひらがなで書けば聖夜がすこし凜とするの。」

水を飲むときの静寂で
人間という総体について考えた
最近は幾分か抗体が活発で
膜を溶かされたわたしたちは
知らない間に大きくされる

そのままに聞いてよ
先週読んだ号がツマラなくて
——というよりは
やらなきゃいけないことに
追われている私が悲しくて
どうしようもなく未来が恋しい

順天する光から与えられた目眩は
炊飯器の目盛を薄らげて
数十分で炊き上がるそれを

必要以上に柔らかくする
あぎとは刺戟を求めるけれど
唇の出来物がその欲望を妨げる

クッキーにコーティングされた
チョコレートだけが袋にへばりついて
抵抗は花束のようないろどりだったことを
わたし以外は
誰も思い出すことがない
取り残されることの恐怖は
テレビジョンの中で陳腐に語られて
ぴりぴりと滞る左手

ひかりだします　わたし遥かな風として島のあなたに巡り合います
うごめけば（烏合めけば）まず大樹から寄与される生　夕焼けに雲
ほらもう帰ろう　幸せが豆腐屋のかたちして世界にラッパとどろかせるし
崩される躰　その分　重力を　（愛を）　試されている　　明瞭
丸くなることは破裂しやすくなることだ　整えられるパン生地
星になるためのウェルビーイングを教えてよ　わたしの凍えやすい全躯に
降り出して、雪。見えなくなるまでの間は一緒だよ　絡まっていく

たましいが指を許してわたしたちが持ち合わせている繋がりやすさ
あかるさが肌を飛ばして細胞を孕ませて（もう夜が怖くない）
島のあなたにとどくから楽園としてひらかれていく身体性

祈るときの眼は
瞑るのではなく
風景を水中のように薄らげる
空と人との間にはびこる
ぐにゅぐにゅとした風潮を解いて
心には水への形容が与えられ
その水紋はいまあなたの前の

中毒性の高い黒縄として
（つまりは可読性を持ちうるわたしとして）
あらわれになる

対して日々は
祈りに負けないように
未確定な韻律を辿る
ぱきっとならした指の中で
空気が弾けた衝撃が
衰えた犬の鼻をまた揺らすようにして

インカレポエトリ叢書XXVI
ヒトノマ
二〇二四年四月一五日　発行
著　者　田村奏天
発行者　後藤聖子
発行所　七月堂
〒一五四―〇〇二一　東京都世田谷区豪徳寺一―二―七
電　話　〇三―六八〇四―四七八八
FAX　〇三―六八〇四―四七八七
印刷　タイヨー美術印刷
製本　あいずみ製本所

ISBN978-4-87944-567-4　C0092